엄마의 별꽃

엄마의 별꽃

초판 1쇄 인쇄일 2016년 12월 23일
초판 1쇄 발행일 2017년 1월 11일

지은이 신현철
펴낸이 양옥매
디자인 남다희
교 정 조준경

펴낸곳 도서출판 책과나무
출판등록 제2012-000376
주소 서울특별시 마포구 방울내로 79 이노빌딩 302호
대표전화 02.372.1537 **팩스** 02.372.1538
이메일 booknamu2007@naver.com
홈페이지 www.booknamu.com
ISBN 979-11-5776-358-0(03810)

이 도서의 국립중앙도서관 출판시도서목록(CIP)은 서지정보유통지원 시스템
홈페이지(http://seoji.nl.go.kr)와 국가자료공동목록시스템
(http://www.nl.go.kr/kolisnet)에서 이용하실 수 있습니다.
(CIP제어번호 : CIP2016031881)

엄마의
별꽃

신현철 지음

책과나무

생각에 시의 역할은 말의 다듬기를 통한 마음의 정화라고 본다. 현대시이니 정형시이니 하는 구분 짓기는 시의 본질이 아니라고 생각한다. 시는 속을 털어 내는, 모든 사람들에게 드러내는 '말 건네기'이다.

그러나 현실의 세태는 '시'를 내놓기 어렵게 한다. 지식의 순수가 변질되어가는 지금처럼 '시'의 모습도 조금 조금 달라져가고 있고, 마음을 얻지 못하는 기교의 글들이 시로 화장하여 나대고 있는 시절이다.

남루한 걸인도 사람으로 바라보았던 시절은 마치 주눅이 들어 구석에 쪼그리고 있는 소녀의 눈망울처럼 초라해졌다.

눈 감고 입 다물고 남은 길 걸으면 되겠지만, 어찌하지 못하는 몸부림을 눌러 막을 수 없었다.

그렇다, '시'로 무지함을 달랠 수 있는데.

그래, '시'로 그들도 사람임을 알 수 있는데.

'시'로 우리 아픔을 안아줄 수 있는데.

스미어 나오는 넋두리를 막다 누르다가 더 막을 수 없어서, 그래서 이제, 비집고 나온 몸짓을 드러내놓는다. 그 몸짓이야 몇 십 년 갈등하고 원망하고 후회한 흔적이겠으나, 가만히 돌아보니 모두 사랑이었다. 저기 하늘의 별,

스스럼없는 바람, 손바닥에 번지는 빗방울, 잠을 못 깨는 딸의 얼굴, 빛나는 나뭇잎, 먼지 오르는 흙길 한 마당, 모두 사랑인 것을.

주위에 있는 모든 것은 사랑이다. 나에게 욕하고 침 뱉는 이들도 그들의 사랑 표현이고 가슴을 아프게 하는 이들도 그들의 사랑 표현이다.

주위의 모든 것이 사랑이라는 것을 알게 됨은 많은 삶의 흐름이 흐른 뒤의 얻음이다. 한 사람뿐인 아내 부월, 귀한 아들 효민, 소중한 딸 효인, 낡아지는 우리 집, 털털거리는 늙은 차, 욕심 없는 이웃들과 소담한 녹평리, 한적한 마을, 여기저기 지인들 그리고 이 땅, 이 하늘.

사람이 나이가 들면 철이 든다는 말은 시간의 흐름이 과거의 하나하나의 모습이 그리워지게 하기 때문이다. 그리워짐은 갈 수 없는 과거에 대한 후회여서, 하늘에 점, 점 박아놓고 바라보기라도 하련만, 12월의 밤하늘은 눈물이 어린다.

2017년 1월 어느 날

無知也 신현철

2.
無知也

1. 봄, 여름, 가을
그리고 겨울

봄비인가

봄비인가 3월 4일에 내리는 비이니
봄비인가 그걸 모르겠다

추운 날의 비는 아니어서
봄에 내리는 비도 아닌데
봄비라고 하자, 봄비이든 아니든

술잔 안으로 스며드는 마음은
봄비이긴 한가 보다

혼자 앉아 있는 밤
밖에서 들리는 빗소리
굳이 신경 세울 필요가 있을까
봄비이면 봄비인 게지

빗소리가 술잔 안으로 파고든다

봄 몸살앓이

봄날 다시 앓아눕다

사랑하던 이와의 이별은 늘 봄에 왔기에

벚꽃 나무 아래에서 쏟는 눈물

벚꽃이 이리 아름다운 줄 미처 몰랐다

마지막 열정이 사라질 즈음에야

온몸으로 전율이 흐르고

봄이 이토록 아름다운 줄 알았다

세월만큼 묵은 그리움

개울 우는 소리에 씻어

하얀 기억으로 담아놓고

벚꽃이 지고 다시 벚꽃이 필 때

웃으며 다시 내 앞에 설 것이라는 믿음

영혼은 봄볕의 꽃눈처럼 부풀고

연초록 발자국 소리에 귀기울인다

발아

지난 가을 붉게 드러냈던 마지막 유혹은
땅에 떨어져 뒹굴고 밟히고
백일 동안 부서져 내려 쌓이고
냉정한 햇빛의 살기에 눈을 감았다
화려했던 꽃잎의 흔적 가물거리고
달큰한 향기도 바람에 바래 보이지 않는데
발그레 미소가 떠다니던 봄의 어수선함을 그리며
어딘가 은둔하고 있을 씨앗 한 톨

문득 아팠던 생채기가 아물며 두툼해졌을 것이다
종종 눈물지었을 마음을 토닥토닥 잠재웠을 것이다
어쩌다 스쳤을 손길의 기억을 다독이고 있을 것이다
그러다가, 그러다가
시린 하늘이 떠나가면, 잊어버리면
푸르게 출렁이는 새소리가 비었던 하늘에 찰 때
다시 슬쩍 그리움을 내밀어 볼 것이다

그러다가, 그러다가
거짓일지 모르는 햇살 한 줄에 몸을 열겠지

그리우면 흔적이 남으려니
꽃 진 자리 눈물 자리 번져간 한 줌 터
아마 기억은 뒤척이며 망각을 택하려나
이제,
썩은 제 몸을 헤집고 교태를 밀어올린다
그리고 다시 기다림의 시작이다
욕망의 유혹에 본능이 치밀어 몸은 벌써 뜨거워지고
매혹당한 순수가 유혹의 교태로 변태하는 봄이다

꽃, 눈물이 핀 것

가지 끝에 매달려 울던 바람처럼
겨울의 차가운 눈길을 외면하고
침묵으로 애써 버티고 서 있었는데
겨울바람의 갈피는 생채기를 만들고
쓰린 통증이 내내 얼어붙어 있다가

햇살이 눈꺼풀 위에 내려앉고
스쳐가는 부푼 바람에 얼음이 녹으면
그만큼 아파해야 했음을 몰랐다
몸속에 오그라든 울음은 가만히 있다가
툭툭 불거져 찬란한 열병을 앓다

견뎌 낼 수 없음을 자백하는 날
살결 위 오한은 어지럼처럼 피어나고
마침내 겨울 생채기를 비집고 눈물이 피어난다
웃음 뒤엔 거짓이 있겠으나 눈물 속엔 거짓이 없다
그래서 눈물은 꽃으로 핀다

봄 저녁

삼월의 저물녘 비봉산 기슭엔
마음 급한 굴뚝새가 바삐 후드득
발길은 해거름에 걸려 휘청거리고
바스러질 듯 잠자리 날개 닮은,
어둑해지니 슬쩍 고개 내미는 기억이
막 눈뜬 달빛에 감겨 휘청거린다

달빛으로 시간을 꿰어 꿰어
님 드실 밥상 덮으려
분홍 보자기 만들어 달랬더니
한 움 시간을 고수레, 고수레

산기슭 진달래 자리에 봄이 꼼지락대는 저녁

산당화

바람은 먼 기억을 들추어 고단한 나를 흔들고
지난 아픔이 스미어 나왔다가 슬픔에 덩달아 울지
봄만 되면 서러움으로 피려다가 그만하자, 그만두자
붉은 꽃 피워 올리다가 그만하자, 그만두자
붉은 깔은 사실 조금이라고, 곧 색이 바랠 거라고

짧은 봄날의 그림자는 길어져 가는데
가슴에 아지랑이도 살지 못하는 긴 세월
산당화 핏빛인 양 붉으레 서러움으로 피어
지난날 에인 상처에 봄 울음 삼킬 듯하다

가슴 에이는 것도 희미해져 잊혀질만 한데
마음 둘 곳 없어 뒤척이는 밤이 이어지고
주인의 발자국 소리가 들리지 않는 땅
삐딱밭 옆 산당화도 병을 앓았다

사실 그리움은 바람에서 시작되었다

봄 그리움은 어느 날 꽃으로 피려 하고

꽃 피우다 피우다 지쳐 서러운 봄

사랑보다 그리움이고 그리움보다 서러움이다

사월의 진혼곡

4월마다 복사꽃에 눈물이 흐르면
티 없는 연분홍 꽃잎에 여린 죽음 겹치고
가슴에 절실한 멍울 터져 나오는 울음
어쩌지 못하는 무능력의 부끄러움이다

차가운 바닷물이 조금씩 숨구멍을 막아
아빠를 부르는 비명도 고통스레 물먹고
폐로 울컥 울컥 들어가는 물은
생살을 슬근슬근 톱질하는 것이어서
차라리 미쳐버려 공포를 몰랐으면
잃어가는 의식으로 떠올렸을 가족 얼굴

상처를 안고 있는 공간은 음울하게 서 있고
지켜보기만 하는 심장은 찢어질 것 같은데
304개의 바람이 되라고 노래하는 남은 자들
국화꽃, 노란 풍선, 가슴에 단 리본은

이제 그만하라고 요구하는 묵비권의 비굴함이다
차라리 남은 자가 살아남은 흔적을 보이지 않거나
차라리 내 영혼이 말라버리거나, 미쳐버리거나

잊혀진, 여전히 모두의 가슴 속에 남겨진 가시는
시간에 가벼워지고 얕아지는 세상에서 얼마나 남을까
4월의 영혼들의 고단한 눈시울은 복사꽃으로 물든다

꽃비 1

순결하고 여린, 몽글몽글 벚꽃
눈길은 꽃가지에 걸려있고 발은 움직일 줄 몰라
설렘 가득한 공간 꽃비가 내리는데
사랑은 하나 되어 곁에 있는 것이라지만

바람 속에서 흰 날개옷 벗어 흔들듯
일찍 길 떠난 시인의 춤추는 손끝에서
휘날리는 시어가 꽃비로 내리고

가야 할 때를 알고 먼 길 떠난,
시들지 않은 채 리만의 시공간*으로 떠난
하얀 순수로만 있었던 황홀한 삶
얼룩 얽힌 추억을 남기지 않고
끈적이는 애착도 갖지 않고

꽃의 이별 속에서 태어난 영혼은
하늘과 땅 사이에 꽃비로 내리고
처음과 끝이 하나이기에
슬프지 아니한 날이 떨어져 뒹굴고
가슴으로 하얗게 오는 아득한 흩날림
두 손 마주 잡고 꽃비가 되어 떠난다

꽃비 내리면 왠지 눈물이 난다

* 리만의 시공간 : 베른하르트 리만(1826~1866)에 의해 제시된 비유클리드 기하학의 '3
차원 공간을 넘어선 차원의 시공간'.

봄의 숲 풍경

숲 구석도 햇살이 톡톡 건드리고
푸른 빛 머금은 잿빛 연무 흐르다가
가지 사이 내려온 햇빛에 투명해진다
흙 내음 진해지는 숲 속을 서성이면
겨울 건넌 네발나비와 바위 아래 어느새 개미지옥
물웅덩이에 개구리, 도롱뇽 알이 옴찔대고
봄 내음에 발바닥이 간질거린다
도도한 4월의 숲은 부산하다

수수한 산수유 진하지 않고
홍매화는 빨간 유혹을 입은 꽃망울
꼬물꼬물 솜털 버들강아지
생강나무는 재채기하듯 꽃순 뽁뽁
진달래는 온 산을 분홍 물들이느라 바쁘고

주먹손 편 참나무 연두 손바닥

4월의 숲은 소란스럽다

봄 내음 길어 올리는 숲에 앉아 있으면

눈부신 햇살에 코끝이 아리다

꽃비 2

쉰 몇 번째 꽃비 종일 내리다
눈부시게 화사한 햇살 아래에서
해맑음과 연분홍 절정으로 부끄러운 듯
하얀 면사포 살폿 수줍은 신부마냥
연분홍 꽃나비 바람에 하늘거리며
젊은 듯 저만치 앞으로 흘러가다

꽃비가 머리 위에 내려앉으면
고향의 뒷길을 바라보고 있다
아직도 돌담길 모퉁이에서 그리움으로 서있을
꽃잎에 어린 얼굴 묻어놓고 떠나신 임

철없는 떠남 뒤에서 그리워했던 얼굴 더듬으며
그를 찾는 꿈속으로 가다

내민 작은 손으로 꽃비를 잡아 담을 수 없어

아쉬움만 머금어 눈물이 핑 돌고

하늘과 땅 사이는 너무 먼 여행이어서

속마음은 어지러워져 가고 숨소리 낮아지고

봄맞이꽃

계곡은 안개를 올리고 한 줌씩 생각은 돋아나고
겨울의 꼬리는 아직 남아 섬뜩하고
나뭇가지 사이로 햇빛이 걸어와
늦은 쌀쌀함을 껴안곤 하지만
지난해의 설렘은 시간과 함께 사라졌고
안으로 파고드는 빛살이 어지러워 휘청거리는데
아무도 늦은 저녁은 기억하지 않는다

얼었던 흙 밑에 웅크렸던 생명
앙상했던 알갱이가 죽었던 것이 아니었다
가느다란 목숨, 안으로 숨죽여 있었다
솜털 끝으로 짧게 든 햇살에 슬금슬금 도는 초록
말없는 인고의 윤회처럼 도전한 생명
밭둑에 두해살이가 미세한 세포마다 소망하며
기다림이 소름 돋는 봄에 꽃으로 핀다

꽃이 피는 건 햇살 때문은 아니다
꽃이 피는 건 쾌락 때문이 아니다
꽃이 피는 건 기다리는 사무침이다
꽃이 피는 건 그리운 욕망이다

앞섶을 열고 방심을 부추기는 유혹
못내 아쉬움이 서럽도록 아름답다
그리움은 슬그머니 일어서고
산 아래 지붕이 붉다

꽃비 3

햇살 따스한 들길을 걷다
앞섶을 열기 시작한 하늘 아래
하얀 벚꽃이 하늘 땅 사이 가득 피었다
어느새 활짝 피어 흔들리는 바람이 되고
가지는 휘청 늘어져 얼굴을 간질이고
하얀 꽃잎은 봄바람에 흐르니

긴 세월 행간 사이로 어렴풋한 그림
꽃잎 떨어진 꼭지 남아 울먹이지만
가지에서 열린 꽃은 순수하였고
떨어진 꽃잎은 순백하여
꽃비 쌓인 바닥은 서원자의 무덤이다
천년 기원의 숨결이 흐르고 있다
그래서 슬프도록 눈부시다

아카시아 꽃

하늘의 너울에서 떨어져 잎 사이로 꽂히는 햇살
늦봄 진한 추억의 내음에 넋을 놓고 숲길을 걷다
앞에선 요동치는 분홍 풍경이 오라 손짓하고
뒤에선 낯익은 바람의 발자국 소리 속삭이고
혼곤한 공중에서 아카시아를 스치는 바람을 보다
푸른 산자락에서 흰 더미 점점이 일어나
무리지어 능선을 넘어가는 하얀 춤사위
아카시아 하얀 꽃 타래 바람결 따라 흔들면서
초롱을 들고 흐르는 청아한 여인들의 군무

봄이 진해지면 아카시아 꽃향기에 마음 설렌다
그리운 시절이 송이송이 비밀스러운 사랑, 그 기억
한 줌 물으면 달큰 씁쓰레 꿈이 배어나고
아카시아 숲길을 걷다보면
누군가 따라 오는지 뒤돌아본다
아카시아 꽃 피었다 지는 일 년에 열흘
코 끝에 그의 잔내 스밀 때면 배가 고프다

애달픈 마음

꽃 내음이 이리 긴 날을 아릴지 몰랐다
못 올 것을 알면서도 행여나 하는 마음에
마음 뜨며 기다린 날들이었는데
흩날린 저 꽃잎처럼 땅 위를 구르는 상처
다가갈 수도 그냥 머물 수도 없는 처절한 그리움
잊을 건 다 잊은 텅 빈 산길인데 마음이 젖었다
바람이 불고 비가 내려도 아카시 꽃은 핀다
햇살에 물결치는 마음 포말로 부서져 피우니
아카시 꽃은 가슴에 담겨 있는 애달픔이다

상실의 봄

대지에는 때마다 오는 봄인데

나의 대지에는 두 번째가 오지 않았다

소망의 거짓 위로는 천국을 만들어내지만

선명해지는 상실에 고스란히 마주 서다

좁은 속에서 벗어나고자 발버둥치며 탈출하려는 말들

마치 상자 안의 밀웜처럼, 빠삐용처럼

비 맞으며 치열하게 나오려는 말을 꾸역꾸역 삼키다

그러다가 체한 듯 턱 막히는 목구녕

이 빌어먹을 비 때문에 자꾸 생각나는 거다

올봄은 떠나는 날까지 참 징하게 군다

연꽃

반짝반짝 빛나는 동틀 무렵 다가와

새소리 머금은 이슬 소반에 담아 내온 아침

봉오리 막 열려는 미세한 태동

하얀 치맛자락에 원초를 안아 연다

꽃봉오리 벌어지는 틈 사이 흰 속살 내밀어

뭍을 떠나 외로움을 정하고 혼자 피었다

한 줄기 뽑아 움켜쥐면 맑은 영혼이 나오려니

연꽃을 보면 가슴이 시리다

그래서 연꽃의 향이 가슴에서 피어오른다

봄비, 아픈

새벽안개 달싹거릴 때 소리 없이 다가온 봄비

오늘 내일 비가 오면 5월의 푸릇한 빛이 부서진다

비가 내리면 산안개가 모락모락 골짝마다 피어오르고

새들 어디쯤 숨어든 숲은 안개 저편으로 물러서있다

5월의 빗속 모두가 사라진 회색조 그림

봄은 심란한 마음만 남기고 흐릿하게 가라앉고

오는 비에 아카시아 꽃 벌써 떨어졌다

땅에 떨어진 꽃잎 말고는 아무도 봄을 기억하지 못하는데

주변을 서성이며 예민해진 기억을 빗방울처럼 건드린다

지난날의 기다림으로 저녁 길의 긴 그림자처럼 외로워질 때

어깨를 적시듯 과거의 5월이 가슴에 스며들었다

남자의 서툰 사랑의 시작은 그때 5월이었다

5월 망부화

5월의 아침 길을 걸어가시다가
행여 꽃잎에 앉은 빗방울 보시거든
당신 모습 그리다 흐른 눈물이니
행여 땅바닥에 떨어진 꽃잎 보시거든
손가락으로 어루만져 달래주소서

5월의 저녁 길을 걸어가시다가
행여 꽃잎에 저녁햇살 금빛이 어리거든
긴 기다림 뒤 부푼 상상에 그런 것이니
행여 저녁놀에 꽃잎이 붉으스름 물든다면
잔잔한 미소 한번 보여주소서

물러진 그리움으로 떨어지려는 꽃잎 부여잡고
그저 먼발치 머물러 보기만 하다가
5월의 바람 맞아 망부화로 피어나고

5월의 아침

아침 맑은 빛살에 눈 찡그리면
햇살에 묻은 순결이 변신의 두려움을 돌아
꽃의 몸짓으로 창 너머에 닿고
문 살짝 열면 반짝이는 미소로 다가선다

폴싹 나비의 날갯짓으로 몽글한 꽃잎 터질 즈음
빛별 부스러기는 이미 하늘 가득 퍼져있고
뭉친 가슴 톡톡 터뜨리며 하늘을 걷는다

묵은 상처에 바람이 못미더워 망설여지거든
맨발로 흙을 만지면 피어오르는 생명의 마법
그러면 바람에서 살아나는 여인의 미소

봄을 담은 여인의 눈동자가 그리움으로 오시니
5월의 신부처럼 말갛게 오시길
노란 빛으로 피는 순수 그대로 오시길

아카시아 꽃 피면

아카시아 꽃이 피는 오월이 되면
지나간 시간 따라 엄마의 그리움이 사라진 줄 알았는데
엄마는 밤마다 돌아누워 가슴앓이를 몰래 쌓아놓았다
눈부신 햇살에 주렁주렁 매달린 어린 시절이 자라고
순수했던 단발머리와 눈빛 반짝이던 까까머리
아카시아 잎을 따서 가위바위보
좋아한다, 싫어한다, 꽃점에 마음 한 자락 내주었다

비밀스런 속삭임 조롱조롱 매달고
살짝 숨겨둔 가슴 뛰던 낯선 설렘
하얀 꽃의 순결에 입술 바르르 열릴 듯 말 듯하고
속살이 더 뽀얗게 빛날 때마다 안타까움이 짙어졌다

아카시아 돋친 가시에 몸살을 앓기도 하며
어린 날의 그리움이 송이 꽃이 된 봄날
바람결에 묻어있던 이야기가 햇살에 피어난다

매달린 채 꽃잎 속에 가득 채우는 그리움
송이마다 알알이 물든 그리움이 향기가 되는 것
어쩌면 아픈 사랑이 필요했는지도 모를 것이다

아카시아 꽃을 보면 그리움이 오래 머문다

능개비[*] 오는 날

5월의 숲이 키우는 그리움
부슬거리는 능개비가 공간에 떠다니고
멈춘 눈길에 연초록 숲이 다가온다

능개비가 흐르는 날이면 누군가 창문을 두드리고
허락 없이 슬그머니 문턱을 넘어 들어와
오랜 동안 버려진 시절을 끄집어낸다

펼친 낡은 책의 잊고 있었던 갈피에서
소녀의 홍조가 바래고 마른 채 팔락 떨어지고
그러면 어느새 그때 그곳으로 들어간다

웃는 눈을 바라보지 못했던 부끄러움
촉촉이 젖은 입술을 열지 못했던 조바심
몸 어딘가 새겨졌던 기억이 피어오른다

* 능개비 : 가랑비의 방언.

비 개인 5월의 밤

바람에 말리고 세월로 삭혀 꼭꼭 눌러두었는데
밤마다 나뭇가지 끝에 번지는 달빛처럼
고운 밤 깊이 들어와 그가 서있으면
밤의 정적 속에서도 요동치는 마음
속은 두터운 세월을 뚫고 그의 곁으로 가고자.

아직 등 뒤에 있을까 두근거림에 자릿하고
그를 기다릴 수 있다는 이유만으로 고마운
한 생 다하는 날까지 그리운 사람
등 뒤에서 조용히 안아주시니
세상이 부드러운 노래로 가득 차다
사랑은 없는 것이 아니라
보지 못하는 것임을 깨닫다.

비 개인 5월의 밤, 바람이 새뜻하다

첫사랑

지루하지도 급하지도 않은 5월의 비
차분하게 숨을 고르는 대지
톡톡 닿는 비를 따라 춤추는 연초록 잎
눈꽃나무 하얀 꽃잎 속으로 스며드는 입맞춤
꽃잎은 간지러워 고개 숙이고 키득거린다

어제 오늘 종일 오던 비가 멈추니
느랭이못 뒷산은 푸른 윤기로 빛나고
가까이 다가온 구름, 가까이 앉은 하늘
대지는 상쾌한 평온이 가득하다

5월의 비에 얼굴에 묻은 삶의 욕심이 씻기니
심장 속에 나비춤의 선율이 내려앉고
나도 모르게 사랑의 고백이 나오겠지

다가갈수록 온몸 세포마다 스며드는 임의 손길

그렇다. 봄은 매번 첫사랑이다

투명한 하늘로 거침없이 오는 봄은 첫사랑이다

5월 빈 나루

5월의 바닷가 빈 나루에 서면
출렁이는 물결에 홀연한 장면의 등장
스크린에 30년쯤 전의 이야기가 떠오른다

미처 다 끝내지 못한 시네마가 흐르고
아릿한 조우가 묻어나는 데자뷰
물결에 튕긴 햇살이 닿혔던 상자를 열면
거친 입술에 머물던 카오스가 날아가고
짧은 격정이 스크린을 스쳐 흩어진다

매어두려는 관객의 안타까움을 외면하고
시네마는 순간을 지나 냉정하게 끝난다
짧은 회상의 여운을 놓칠까 조바심에
되감아보려 애쓰지만 점점 희미해지는 잔상
그림자를 움켜쥐려는 바보짓임을 깨닫고
망각의 저편에 묻어두었던 상처와 만난다

아쉬운 관객은 선뜻 일어나지 못하고

꼼짝 않고 출렁이는 물결을 바라보는데

가슴 구석에 숨은 시계는 그때 그 순간에 멈춰있다

찔레꽃 엄마

양지바른 산기슭에 하얀 찔레꽃 손 흔들면
가슴 속에 묻어두었던 주름살이 꽃피고

무거운 나이가 부담스러운 어느 봄날
엄마는 꽃상여 타고 오솔길을 넘으셨다
찔레꽃 하얗게 번질 때 가슴아림을 알았다
찔레꽃 엄마를 누구도 기억하지 않는다
그래도 가슴아림은 아름답다, 찔레꽃은 그렇다

찔레꽃 향기에 취해 내린 별이 없기에
한밤에 얼굴 내민 적 없는 하얀 꽃
꽃잎이 있어 꽃이 빛나게 슬픈
엄마 살갗에 핀 꽃잎이 서러워
찔레꽃 하얀빛은 지난 겨울의 아픔에서 나지만
어린잎만 보고 지난 시든 꽃은 외면한다

이름 부르지 않아도 말없이 가슴을 부여안고
힘이 다해 떠남으로 빛나는 것
찬란하지만 슬픈 봄, 엄마의 떠남으로 얻는 봄
엄마의 흰 무명 저고리는 찔레꽃

빛나는 숲

단풍나무, 구상나무, 전나무, 층층나무
까칠한 껍질 쓰다듬으면, 껴안으면
소리 없이 상처를 어루만지고

우리는 숲의 아기여서 알몸이 되면
흙 밟고 뛰어다니고 발그레 빛나는 얼굴
깊게 숨을 들이쉬면 알몸은 초록 물든다

다람쥐, 곤줄박이, 송사리의 동화
눈을 감으면 들려오는 숲의 이야기
시냇물 소리, 나뭇잎 밟는 소리
개울물빛 닮은 새소리
숲의 이야기 바람 타고 퍼진다

바람의 갈래에는 추억이 묻어오고

숲의 녹색이 짙을수록 빗방울 소리 커지고

비를 머금은 잎에는 빛이 담긴다

젖은 볼 쓸어내리면 한 움큼 쥐어지는 추억

손가락 사이로 흘러 떨어지고

비 내리는 숲에서 눈감고 가만히 보면

잎마다 빗방울이 떨어져 푸른 숲 소리

맹그람[*]

작년 줄기 적갈색, 올 줄기 연두색
노란 수술 꽃밥, 붉은 진액 스미는 꽃잎

누이 뺏긴 소년의 울음이 이리 붉었나 보다

아니다!
뭍으로 도망간 남자 향한 여자의 원망
어찌하지 못하는 몸뚱이가 이리 아팠나 보다

아니다!
양귀비 붉게 달아오른 두 볼
그냥 미인의 잠결을 닮은 것이다

아니다!

파도에 쓸릴까 여자를 밀어낸

대신 죽은 남자를 껴안고 흘린 눈물이다

* 맹그람 : '해당화'의 충청도 사투리.

감자꽃

감자꽃이 필 때면
여우고개 넘어 길 따라 가다가
먼 헤어짐 되짚어 흰골 오솔길 걸어가면
길의 끝을 기억하지 못하는 갈림길에 닿아
산중턱 아래 늘어선 감자밭에 서려니

소녀 옆머리에 꽂은 꽃은 감자꽃
당신을 따르겠어요 소박한 마음이
연보라 미소를 담고 있었다

감자에는 꽃이 필요 없다는 외면에
잘려나가 땅에 뒹구는 감자꽃
차라리 피지나 말걸

초여름 감자밭에 감자꽃이 있었다

엄마의 별꽃

거기 엄마의 봄이 있다

한 잎씩 하얀 이팝꽃은 엄마의 아련한 봄

엄마의 별꽃이 새벽을 앓다가 잠이 들고

저무는 몸에 지났던 애련이 해마다 피는 봄이거늘

하얗게 맺힌 꽃잎에서 엄마의 회상이 잔영으로 피고

아릿한 서러움이 바람을 타고 해거름처럼 온다

그래도 오월이 오면 축제의 마무리 하얀 이팝꽃

엄마의 가슴에 와서 반짝 빛나는 불꽃이 되었다

그래, 그러니 서러움을 차곡이 접어두자

바람에 꽃잎이 떨어져도 서러워 않을 것이다

하얀 윤회로 피우다 피우다 안 되면 내년에 피우고

그래, 꽃이 떠난 뒤에 꽃이 피는 의미를 알 것이니

그래, 꽃을 세어 화관을 만들어 머리에 씌워드리고자

소나기 오는 날

소나기 내리는 날, 당신이 보고 싶다

진득한 흙냄새 묻은 푸른 내음이 피어오르고
손바닥을 내밀어 비를 가득 만지면
빗방울 속에 스며있던 지난 모습의 감촉

그때의 장면이 마음속에 비로 내리고
소나기에 기억은 바닥에 방울로 떨어진다

그날을 기억하는 것은 그저 좋은가, 그저 아린가
그때의 추억을 떠올리는 것은 나이 들어간다는 것

설렘과 웃음이 희미해졌지만
그래도 소나기 속을 알몸으로 서 있다

지금이라면 울어도 된다고, 괜찮다고
그래서 너에게 가서 운다

이루어질 수 없는 것이 더 아름다운 것
나뭇잎에 조롱조롱 빗소리가 고인다

당신이 옆에 있어야 하는 소나기 오는 날

장맛비로 탈출하다

빗속에서 안개가 낮게 깔리는 저녁
숲이 담긴 비가 지붕에 내려 닿으면
슬그머니 탈출의 유혹이 돋는다
다랭이밭을 돌아 물기 출렁이는 산길
길 옆 배롱나무 그렁그렁 물을 머금고
물이 가득 찬 대기에 들어서있으면
하늘이 낮게 앉고 갑자기 터지는 울음
얼마나 오래 담아두었을까, 3일 종종 울고
울다 말다 석 달 열흘이라도 괜찮겠네

장맛비가 때리면 온몸에 쇼생크 탈출의 전율
젖은 등을 울리며 떠나자 유혹하니
단단한 마음의 벽 속에 숨었던 은둔자는
아! 빗물이 되겠다, 울음이 되겠다
스스로 가두어 침묵하지 않고
아! 이제 빗물이 되어, 울음이 되어

얽힌 줄타래를 벗고 자유의 존재로

뱀 허리 감듯 땅을 헤집고

똘강*을 타고 강으로 흘러

장맛비 온몸에 가득한 바다가 된다

* 똘강 : '도랑'의 충남 지역 방언.

장맛비 울음

하늘이 내려와 스스로 터졌다
원망을 하늘에 퍼붓던 머리 희끗해진 사내의 회한에
무너지던 동네 앞 둑처럼 하늘에서 장맛비가 터졌다
어쩌면 아홉 달의 양수가 터져 세상에 내던져진 울음
어쩌면 자기가 여기 있음을 알리는 원형의 몸짓

장맛비가 나무를 두드리면서 처절하게 울고 있다
언제 시작되었는지, 언제 그만둘지 알 수 없는 울음
장맛비가 나무를 두드리다가 무릎을 꿇고 울어 내린다
나무는 저항 없이 퍼렇게 멍든 잎을 밤새 부들거렸다

때리면서도 울 수밖에 없는 갈등의 시대
장맛비는 떠돌이가 된 사내가 우는 것이다.

언제 나올지 모르는 울음이 들어찬 이가 많은 시절
교활한 삶의 주먹질에 내내 맞다가
언제인지 모르게 터진 저항의 몸짓으로 울고
언제인지 모르게 터진 저항의 언어로 울고
시종을 모르는 장맛비는 밤새 울었다

아침바다의 몽환

붉게 달아오르는 해무가 그리는 아침바다의 몽환
금빛 바람이 불자 몽글한 섬들이 속삭이고 있다
사람도 고깃배도 보이지 않는 비어있는 바다
낮은 안개 층층이 쌓인 갯벌 위에 작은 석방림
후회가 주름골마다 박힌 얼굴에 남은 미련으로
혼자 잠든 내가 저기에 있구나

언젠가 내 곁을 떠나간 바다를 닮은 그가 있다
안개바람 불어와 데려다줄 수 있으려나
한 번의 재회도 금지했던 석방림에 갇힌 세월
그는 남당 앞바다 어디쯤 홀홀하게 앉아있을까
아마 생각이 나지도 않겠지

바다의 추억은 그렇게 몸 속에 새겨지고

바다의 바람은 그렇게 가슴 속에 박히고

바람이 흩어지듯 옅어지는 삶이지만

그러나 잊어버리기 힘든 것이 있음도 삶이어서

가끔 바람이 불어 속을 헤집는다

달밤, 눈물자국의 부활

속 훤한 물이 찰방거리는 밤
여우고개 내려 달리는 달빛에
어천 냇가 모래에 조금 남은 떨림
지나가는 바람에 조금 남은 찰방소리

눈물자국이 기지개를 켜는 밤
열지 않은 창문 뒤에서
차곡이 채워지는 침묵 속에 은둔한다

공중 속에 갇혀있던 쇠비린내가
갈라진 틈을 비집고 빠져나와서
자글거리는 눈길로 감시대를 세웠다
차츰 진해지는 살색의 유혹

말라붙었던 눈물이 부활한다

달밤 바닷가의 유혹

달이 만드는 바다 위 모시이불
은빛 흘러와 밤의 불면을 가두고
물 빠진 갯벌에 메밀꽃이 피어난다
인어의 나체 유영을 훔쳐보는 소년의 부끄러움

바다의 달이 일렁이는 것은
보고 있는 것이 그것이 아니라는 경고
수평선 너머에 뭐가 있다는 것도.
욕망은 세상에서 달고 온 그림자였다

환상을 피워 올리는 밤바다의 최면
바다의 달밤은 유혹이 아니다
회귀이다

곰섬의 여름 바다

여름, 그 군청빛 호흡
여름이 은빛 비늘을 퍼득거린다
수면에 비친 빛이 세세하게 떨리고 있는
해변에 뿌려 번지는 빛의 변주

바다는 空이다
그래서 섬은 외롭다
혼자 앉아있는 섬은 덤덤하고
거래 끊긴 적막을 즐기는 토끼섬*
나른한 풍경에 번지는 잔상과 울림
혼자 바쁜 바닷가에 점점이 소라 껍질
바람 속에 던지면 휘파람을 불고

따가운 햇볕에 풍경이 녹는다
누워있는 목선, 그 옆 서 있는 마른 나무
말라 꾸들해진 갯벌에 번지는 붉은 화기
함초와 칠면초는 관심 없이 뻣뻣하다

햇살이 진한데 갑자기 물방울이 후둑

말라있던 땅에서 흙먼지 날리다가

빗물이 스며드니 흙내음이 퍼져 오른다

긴 시간 말라 온 듯 갯벌이 부서졌다

바닷가는 바람을 어깨에 단 듯 들썩거린다

* 토끼섬 : 충남 태안군 남면 거아도리의 서쪽 끝 섬. 안면읍 신원리 곰섬해수욕장에서 서
쪽 10㎞, 거아도에서 직선 6㎞.

그 여름 데자뷰

손가락 사이로 얽혀드는 물타래가 뜨겁다
노랗게 달궈진 태양이 땀구멍을 비집고
문득 파도 소리가 그때 그 소리인 듯
모래에 나란한 발자국 잔영이 아직 남았고
그 여름의 풍경 속에 숨은 파스텔화는
가슴 속에 문신으로 새겨졌다

씻어버리려 등 뒤로 물결을 돌려놓았는데
지난 것은 희미해진다는 세상 말과 다르게
살갗을 계속 파고드는 벌침처럼
오히려 더 깊은 통증으로 재생한다

그 여름의 미완을 잊지 못하는 이유는
늙은 지혜가 아닌 순수의 희구였기 때문이다
맑은 달빛 담은 하얀 살결은 욕정이 아닌 신비였고
속이 간질거리는 야릇한 느낌은 회귀의 바람이었다

모래 위에 빗방울 스치고 가는 한낮의 정적

부드러운 바람이 뺨을 간질인다

여름 풍경

덩그러니 세월을 담는 항아리에 빛줄이 들고
새벽안개를 햇살이 관통할 때, 부서질 때
마당 귀퉁이 감나무 잎 사이로 뚫고, 내리고
아침 그림자가 길게 고샅 길섶에 걸릴 때면
되새김질하는 하늘이 햇볕에 긴장한다

달궈지는 흙은 더운 김을 내뱉기 시작하고
강가 가득한 물풀 사이 소금쟁이 담방거리면
따가운 햇살 아래 자갈 널어 말리고
한나절 강에서 놀던 두 볼이 빨갛게 익는다
싱싱한 여름 한 자락이 뛰어다닌다

진한 녹취 솔밭 그늘로 얼른 찾아들면
돌담을 넘는 민들레 홀씨처럼 바람 한 줄
부드러운 자릿함이다, 투명함이다

청춘의 비꼬지 않은 열정이 거침없이 오는

그래서 뜨겁지만, 그래서 슬프지 않은 여름

가을비에 젖다

산 중턱에서 가루처럼 내리는 찬비와 마주쳤다
가로등 빛에 빗방울 부서져 흐르고
맨얼굴에 흐르는 빗물이 피처럼 선연하다
이 밤이 지난 뒤에는 낙엽마저 주저앉을 거다

비에 젖은 노래는 무거워 가라앉고
내 속에 쉼 없이 살아나던 그도 이젠 사그라지고
가물거리는 기억 속 얼굴들은 넌 일어나라 통곡한다
혼자 있는 영혼이 젖은 나뭇잎에 매달리고
힘이 다한 기억은 낙엽과 함께 떨어진다

멈추지 못하는 깊은 추락에 눈을 감으면
내년 봄 고향 산골짝에 아픈 만큼 진달래가 필 텐데
으메, 양구가 진달래로 다 덮이고 남겄네

이순 즈음

늦가을 낙엽이 석양처럼 가슴에 앉으면
보풀보풀한 회상을 더듬어 끄집어내어
고무줄놀이 저녁 햇살 위에 얹고
코스모스 꽃잎보다 얇은 바람을 애무하며

새는 낯선 시선 앞에서 노래하지 않기에
보고 싶은 얼굴이 어디에도 보이지 않거든
다른 이름으로 한구석에 저장하던지
별 폴더를 만들어 마음을 한구석에 놓던지

삽상한 바람에 노래하는 들풀의 몸짓
그리움은 미래로부터 오기도 하는데
아마 언젠가 움돋이를 볼 수 있으려나
이순에 가까우니 새 눈으로 보면

10월 낙조

바다에 자맥질하는 낙조가
멍대기섬*에 걸려 흔들리고
붉게 염색된 삶의 침묵

금빛 광활하던 세상은
풍요인 줄 알았는데
초신성처럼 어떤 순간을 위함이었다

종일 틀어잡은 손아귀 힘이 풀려
마음이 내려앉았다
붉은 하늘이 흘러내린다

* 멍대기섬 : 충남 보령시 오천면 효자도리의 작은 무인도. 효자도 명덕해수욕장에서 동쪽
바다 1㎞, 주교면 고정리 송도에서 서쪽 바다 2㎞.

가을 산길

화창한 날은 게으르다

계곡 속으로 놓인 외길

거스르지 않는 굴곡은 경계를 짓지 않고

만든 이의 점정이니

그 끝이 어딘가 물어보지 않는다

나뭇잎을 찬찬히 살펴본 적이 언제인가

빈 하늘에 충만한 별빛처럼

담담한 생명이 가득하다

바람들이 속삭이는 가을 잎의 변태

나뭇잎의 마지막 교태가 순수이다

눈의 미소

찾아오시는 눈
송이 눈에 담긴 얼굴
가슴에 내려앉았다
한 방울의 그리움으로 녹아
스며들어 털어낼 수도 없는데

내게 찾아오시는 눈
길 떠나라 은근히 눈짓하시며
눈밭에 촉촉하게 흔적을 심고
자작한 그리움으로 흐른다

멀찌감치 나뭇가지에 내려앉아
가만히 바라보시는 미소

시를 열다

그 안에

살짝 고개 드는 바람

바람에 묻은 눈물 몇 방울

녹아내린 마음 한 종지

2. 無知也

無知也

무심히 흐르는 강물을 바라보던 그 날
깨어있고자 진실을 원하지만
내면에서 돋는 욕망과 불안의 융합

진한 햇살 걷히며 차츰 드러나는 얼굴
얇아지는 햇살 속에서 눈물을 쏟았다
속삭이는 어둠에 별들 깨어난 저녁
태초부터 시간을 끌어 온 별 무리가
나를 향한 무언의 눈동자로 거절하고
모두 알고 있지만 입 다문 그들의 이야기

그 소외감을 탈출하려는 애처로움
마음 깊은 곳에서 목소리가 울리니
너는 누구인가?

자아를 잃어버린 남루한 자화상

눈길에 비친 허공에는 아무것도 없었다

남은 것은 허공이었음을 고백한다

하늘은 잠들지도 죽지도 않는 새를

可視의 중심에 데려다 놓고

너는 누구인가 다시 묻는다

영혼이 숨 쉬는 소리에 귀 기울이니

'너는 모른다'는 작은 깨달음에 황홀하다

저녁 꿈

하얀 달이 낮게 떠있는 날
애달픈 저녁노을 짙어지고
해거름이 발부리를 자근자근 밟아들 때
그는 꿈으로 나에게 찾아왔다

냉정하게 흐르는 그의 노래는
가을 나뭇가지 마른 잎을 울게 했다
키 낮은 노란 소국에 앉은 그는
돌아보지도 않고 외면했다

그럴 바엔 차라리 밝은 날에 오시지
굳이 비어가는 저녁에 오시는지
아무도 갖지 못한 잠을 찾는 저녁
이른 꿈에서 본 당신

3년 전의 헤어짐

스치는 바람에 슬쩍 밴 스킨 냄새

해 넘으니 아물지 않는 상처가 덧나고

작은 소리에도 돌아보려는 습관 때문일까

눈치 모르는 배고픔에 거울만 보고 있다

붉은 단풍이 가슴에 부서지면 밤이 울어 댈까

밤이 질리도록 토해 내는 얼굴 그리고 질책

바람에 흔들린 가슴앓이 예감에 두려워

뒤를 보지 않는 뻔뻔함을 골랐다

혼잣말로 담는 게으른 변명

말하다 지치면 가슴에 묻어두지

묻은 줄 알았는데 퇴색되어 버린 명함이 남아

가르쳐 주지 않아도 더듬더듬 기어가는 무의식

청미래 덩굴

화려하던 가을이 바랜 계절
하얗게 덮인 무채 그림에
박힌 붉은 점

투명한 얼음을 입은 붉은 유혹에
모르게 끌려간 손
날카로운 가시가 살갗을 그었다
예리한 통증에 떠오르는 어린 시절 시네마
망개떡 외침이 퍼졌던 골목
그때 벚꽃잎처럼 흩날리던 눈가루
소녀의 코트 왼쪽에 달린 빨간 열매
두 눈가에 언뜻 눈물이 빛났었다
눈이 쌓인 어깨는 스쳐 지났다

청미래 덩굴 빨간 열매 한 알 씹으니
스쳤던 소녀의 빨간 입술 자메뷰

이별의 심상

여기까지인가
아니라고 말하려는데
머릿속은 차라리 그만두라 하고
어깨 뒤로 넘기지 못하는 마음은
해 저물도록 주저하고 있다

허락하는 얼굴을 간절히 바라오니
땅에 머리를 조아려 낮추려니
차라리 넌 아니다 말해주든지
잠에, 암연에 들 수 있게
그래서 꿈에 들 수 있게
그래서 꿈의 기억으로 이어질 수 있게

그만두려는 마음

문틈으로 스미는 차가운 바람
얼굴에 몇 번 스치니
면도하다 벤 아린 감촉
낯설어 눈을 감으면
바람의 속삭임으로 들리는 환청

어느 곳에 가도 함께 있다 하셨는데
수다가 떠나간 텅 빈 골목
다독이지 못한 속정이어서
바람이 할퀴고 간 사막처럼
침묵하는 가슴엔 거미줄 내리고

누군들 별다른 뾰족한 수 있으랴
얼마나 더 외로워야 생각이 멈추려나
얼마나 더 외로워야 마음을 내리려나
가을 마른 낙엽 한 장 뒤에 얼굴 묻기

텅 빈 가지 끝에 나부끼는 그리움을
모아 태우면 무슨 냄새가 날까

그래, 외로워 봤자다
길어진 고개를 젓는다

아린 회상

빛이 들지 않는 꺼먼 공간에서
웃음소리보다 더 달큰하게 올
당신의 몸짓이 혹여 들릴까
자꾸 떠미는 시야에 다가오는 풍경
아마 창밖으로 스치는 그림이려니

영혼이 햇빛으로 바래듯
누가 먼저, 왜 떠났는지 희미해졌다
그때의 선택에서 달라졌을까 이는 후회
스스로 사랑이라 착각일 수도 있었겠지
중심이 나라는 오만에 너를 밀어낸 것이다

사랑하지 않으면 아프지도 않겠지만
다시 사랑한다면 아마 후회가 없으려나
내가 다 아플 테니까
내가 다 울 테니까
내가 산산이 부서질 테니까

생각의 편린을 이어 그의 사진을 만들렸더니

그는 소유되지 않는 영혼의 노래를 불러서

작은 소망을 누르고 솟는 고독이 아찔하다

그래서 젖을 듯 말 듯 공간에 덜 깬 꿈으로 있다

우울

보고 싶은 사람은 꿈에만 있는데
지금은 방 한 칸 속에 깨어있다
만날 수 없는 꿈을 깨닫는데
여태까지의 시간이 필요한가 보다

혼자 짊어진 짐이 무거워
굽어진 등만큼 삶도 굽었는데
지켜보는 아버지의 소리가 없었다
죽방림 멸치는 굽지 않으려나

그런데, 그런데
맛있던 미역국에
양배추를 넣은 것은 큰 실수였다

「우울」에 대한 혼잣말

보고 싶은 사람은 왜 꿈에만 있을까. 만날 수 없는 사람이고 아마 자신이 희망하는 모습으로 상상하는 존재일 것이다. 어떤 절실함이 있어 꿈에서라도 보고자 하는 것일 터인데, 현실에서는 그 같은 존재가 없는 것이려나. 그 절망감은 만날 수 없는 꿈이라는, 꿈조차 꿀 수 없는 존재인가.

꿈을 꾸려면 모습이 필요할 텐데 그 모습조차 갖지 못했나 보다. 어릴 적에 돌아가셔서 얼굴도 못 본 엄마처럼.

현실적으로 또는 상상에서 마저 불러들일 수 없는 그 존재를 볼 수 없음은 자명한데 쉽게 놓지 못하는 애착이 수긍을 하지 못하게 한 것이리라. 여태까지의 시간이 흘러가서야, 나이가 들고서야 어쩔 수 없이 받아들이는 것인지.

굽어진 등이 되도록 보살핌을 받지 못했으니 삶이 평탄치 못한 것을 알겠다. 아버지의 소리, 아버지의 조언마저 없었다는 사정인가 보다. 그래도 스트레스를 받지 않고 잡힌 죽방림의 멸치도 등이 굽었으리라 하는, 부모의 보살핌이 있었어도 삶이 굽을 수 있다는 스스로의 위안을 끌어낸다. 자신의 고난을 불가역적, 피동적인 경로로 인정하고 싶지 않은가 보다.

　미역국에 양배추를 왜 넣었을까. 요리를 누구에게서 배우지도 못했고. 그런데 요리를 직접 해야 하는 형편이니 곤궁한 삶인가 보다. 그래서 우울한가 보다.

미완의 질문

세상의 끝이 있다면
달력을 아쉬워할 미련도
거기 내려놓을 수 있을 터인데
숨결을 느끼지도 못하는 창유리 너머에서
애타게 모습을 쥐어짜지만

내리지 못하는 별을 바라는 눈길은
차라리 장막이 가로 드리우기를

그는 누구인가
그는 무엇인가

해거름이 차근히 땅을 밟는 시절
마치 바람처럼

고통의 삶

욕망이 없어진 줄 알았는데
레테의 강을 건넌 줄 알았는데
욕망이 망각보다 강하여
애착의 연이 끊어지지 않았나 보다

욕망이 없으면 좌절할 것도 없고,
날아오르지 않으면 추락하지 않을 텐데
욕망의 없고 있음이 천국과 지옥을 연다
그러나 인간은 욕망의 동물이어서,
비상을 꿈꾸는 동물이어서,
욕망은 결핍된 것을 좇는 법이어서
어쩔 수 없이 얻는 좌절과 상실의 상처
되풀이되는 고통을 침묵의 언어로 호소하고
인간이니 삶이 아픈 것은 어쩔 수 없는가

망각의 구석에 숨은 상처와 조우하여

몸에 기억된 상처와 화해하고자

상처의 원형을 찾아서 약을 바르든지

아니면 퇴행하든지

불여귀(不如歸)

밤마다 불여귀, 목에서 피나도록 불여귀

흐린 날 산속에서 목놓아 불여귀

쉰 소리 끈적이는 아픔이 끓는 소리

여린 이에게 가을이 사나워

충격으로 터진 아픈 가을앓이

밤마다 불여귀, 목에서 피나도록 불여귀

껴안은 아픔을 게워내는 하루

어리석은 웃음을 지며

놓지 않으려 발버둥 쳤던 미련

일방통행으로 가는 현실의 시간이어서

망쳐버렸던 그때를 다시 살아내려

그래서 돌아가고자 불여귀

순례자의 지친 발걸음에 빗물 출렁거리고
니체의 영원회귀, 사랑의 블랙홀도 좋은데
비와 안개로 바다와 뭍의 경계를 지으니
경계를 지우는 탈주의 길을 걷고자,
슬픈 것 없던 그때가 그리워
밤마다 불여귀, 목에서 피나도록 불여귀

소멸의 두려움

충분히 그리워하였다

슬금슬금 밀려나오는 눈물
그래, 나이 먹은 탓이지

삶의 무게가 만성이 될 만도 한데
한 짐의 무게는 영 익숙해지지 않아

오지 못할 손길을 알고 있지만
마치 운명처럼

이 삶 동안 맑은 미소를 보고 싶었는데
눈이 어두워 보지 못한다면, 차라리
나의 무지라고 위로할 텐데

아무 말이라도 들린다면, 환청이라도
희망을 생각할 수 있을 것인데

그림자라도 밟고 싶은데

공간을 방어하다

강처럼 흐르는 바다를 보다
차가운 물결에 제 몸 깎아내다가
原流에 대한 동경으로 떠나다
돌아선 바다는 막 뛰어든 나를 보지 못하다
나를 현재에 불러들여 확인하려 하였는데
바다의 외면에 충격을 받다

텅 빈 여백이 공간을 드러내다
순수의, 순백의, 결국 텅 비었다는 의미
속의 상처가 깨질 것 같아, 그래서
충혈된 눈에 응결된 눈물이 방어하다
이질적인, 중의적인 공간으로
무표정으로 방어하다

영정 뒤에서

눈물 흘리는 당신이 아름다운 것은
나를 생각하기에 우는 것을 아니까
그러나 망각의 섭리를 알기에
그저 당신이 나를 생각했다는 것에
진정 감사할 수 있습니다

나는 행복할 수 있습니다
나를 위해 흘리는 눈물을
당신의 눈에서 보았기에

그러나 내가 다음 생에서 만나자고
말하지 못하는 것은
다음 생이 있는지 모르기 때문입니다

그러나 그러나 다시 주어진다면
당신을 정말 사랑할 것입니다

다시 서기

밤새 창백한 삭바람에 쓸려
반짝이던 눈길이 물든 잎은 퇴색되었다
뒤에서 지켜보던 이의 입은 닫혔고
땀이 차도록 움켜쥐었던 젊은이의 의미는
모래 빠지듯 흘러나가 비었다
다시 채울 것이 없어서 그리움으로 채우는 잔
선명히 채워졌던 빛은 낡아지고
이제 해어름*을 지켜보고 있다

늙은이의 주름에 침착된 시간의 겹은
잠이 들 자리를 가리키는데
미처 보지 않은 구석에 움이 꼼지락댄다

그래! 아니다. 아니다!
낙엽이든 석양볕의 주름이든 껍데기일 뿐이다
껍데기 속에는 움이 트고 있다
여명을 자아내고 있다

그래, 껍데기는 버리는 것이다

마르고 거친 껍데기를 찢고 솟는 것이다

매몰찬 나달이 선을 긋더라도

찢고 나와 솟는 것이다

* 해어름 : 해거름의 충남 방언.

어무이 회상

바람만 불어도 접고 떠나는 인생이지만
찬장 속에 돌아앉은 어무이와 마주치면

"상추는 땅에 심으면 쑥쑥 나는데
어무이는 땅에 들어도 왜 돋지 않으요"

종종거리는 하루는 어무이의 것이 아니었고
매일 닦던 장롱도 어무이 것이 아니었다
방 두 칸 툇마루 집의 주인노릇도 못하고
항상 모자라는 쌀독 빌까 조바심 내내
자식 배 채우지 못해 가슴 응어리 다독이고
그렇게 사는 것이 자기 탓이라 미안하고
그렇게 하늘 품으로 돌아가신 어무이

"고추는 땅에 심으면 쑥쑥 나는데
어무이는 땅에 들어도 왜 돋지 않으요"

후회 담은 염원을 달래고 싶어서

머릿속에서 탑 돌듯 생각을 떠올려도

어무이 얼굴 삼베 결 같은 주름은 또렷하고

그래도 말없는 어무이 미소도 보이요

모친의 상(喪)

80년 동안 부딪고 구른 길의 마침선
너무 긴 길이었을까 숱한 기억이 닳아 지워졌고
남은 몇 가지 꼭 쥐고 있었던 것은
"아들아 밥 먹었나"

그 아들은 병원에서 급하다고 온 전화에
눈 감는 순간 지키려 달리고 있는데
텅 빈 병실에 아들이 있는 듯
"아들아 밥 먹었나"

그의 80년에 남은 것은
아들과 움켜쥔 가래 뱉는 휴지 한 장
세 달째 비운 전세방처럼
밥솥 하나 상 하나 냉장고 덩그런 방처럼
텅 빈 그의 속엔 남은 것이 몇 없다

큰아들도 딸도 있는데
그의 기억에는 막내만 있다
그래서 "아들아 밥 먹었나"

그리고 막내가 문 열기 전에 기억이 멈췄다

생명의 서(序)

생명은 멈춘 것인가, 떠난 것인가
지하 염습실에서
아들이라 불린 사내의 두 손이
염하는 사내의 지시에 따라
볼이라고 불렸던 부분을 덮었는데
차갑다.
그러면 생명은 없는 것인가
그러면 소멸인가 이동인가

두 층 위에는 그의 그림이 국화에 싸여있고
다른 길을 가고 있는 사람들은
그림이 그인 양 부르며 절하는데
그 그림이 생명인가
아니다
그들의 행위는 자신들의 길에서
자신들의 그를 정리하는 것이다

「생명의 서(序)」에 대한 혼잣말

　두 번째 연이 단정으로 끝난 것에 반해 첫 번째 연은 의문형으로 끝났다. 의문의 내용은 생명의 유무는 어떤 근거인가. 그렇다면 죽음은 소멸인가 혹은 천국이나 극락 등의 다른 곳으로 이동하는 것인가 하는 것이다. 그 결론은 내리지 않았다. 아니, 내릴 수 없는 것이다.

　두 번째 연에서 주변의 반응은 '정리'라고 하였다. 상대방의 존재는 자신들의 인식으로 규정되고 있다는 것을 말한다.

　즉, 실제의 유무와 관계없이 각자의 인식에 따라 존재와 부존재가 결정되는 것이다. 따라서 죽음에 대한 규정은 같은 환경에 있었던 사람들의 인식으로 소멸되는 것인지 이동하는 것인지 정할 수 없다는 뜻도 내포하는 것이다.

　또 '그인 양 부르며'는 사진이 그라는 것이 아니라는 전제가 있다. 지하실에 있는 육체도 그가 아니고 영정사진도 그가 아니라고 볼 수 있다는 것이다. 즉, 육체나 사진이 아닌 '무엇'이 그 존재라는 설정을 제시할 수 있다는 것이다.

　그것은 생명의 연속성에 대한 인간의 무의식적 희구에

의해 형성된 가상의 무엇일 수도 있고 실제로 그럴 수도 있는 것이다.

'그 그림이 생명인가 / 아니다'라고 독백함으로 감각(미각, 후각, 촉각, 시각 등)에 의해 생명이 인지될 수 없는 실존일 수 있다는 가정이 드러나는 것이다.

그런데 적극적인 주장을 하지 못하는 것은 시인도 확실하게 알지 못하기에 규정할 수 없는 것이다.

첫 행에 '생명은 멈춘 것인가, 떠난 것인가'라고 도전하였다. 멈춘 것은 소멸과 연결되고 떠난 것은 이동과 연결된다. 이 소멸과 이동은 선택에 따라 인간집단의 행동 패턴을 결정하는 기준이 될 것이다.

소멸이라면 인간사회는 도덕이라는 깨지기 쉬운 수단으로 겨우 사회를 유지하거나 혼란 속에서 종말로 갈 수도 있고 극단적 선택이 만연하게 될 것이다.

이동이라면 위선적으로 연기하더라도 정의, 진리, 성스러움에 대한 추구의 모습이 인간사회의 모든 영역으로 번질 것이다. 이렇게 되면 이상세계에 가깝게 흉내 내며 선택됨에 대한 반응이 나타날 것이다. 그러나 '앎에 대한 인간사회의 극도의 무지'와 '자신의 선택이 절대적으로 옳다고 믿음으로 실수하는 성향이 많은 인간의 자유의지' 때문에 두 가지의 경우 모두 순조로운 진행을 보이기 힘들 것이다. 인간은 결국 죽음의 의미를 영원히 알 수 없을지도 모른다.

아버지의 묵언

창문 너머로 여전히 검은 밤이 방 안을 엿보고
매달려 오던 침묵의 꼬리를 잠꼬대가 뭉텅 잘랐다
목적지가 있는 사람은 앞만 보고 걷는 것처럼
아버지의 걸음만큼 닳은 구두가 따라가고
주름 짙은 얼굴에 묻어있는 진득한 고단함이
닦이지 않는 얼룩으로 착색되었다

널 만나려고 먼 시간을 여행 온 것인데
등 뒤로 드리워진 그림자에 묵언이 걸려있다
누군가의 비밀을 보았을 때 더 애틋하게 되어서
말이 없지만 아버지에게도 한 권의 이야기가,
가슴 구석에 처음으로 돌아가고픈 마음이 있을 것이다

현상은 이미 가마에서 구워진 그릇 같은 것
다시 반죽으로 되돌릴 수 없다
그래서 아버지는 묵언을 한다

저녁 강물

다리 위에서 지는 해를 마주하고 서 있는 저녁
차곡이 개서 서랍에 넣어두려는 마음이었는데
햇살에 얹힌 바람의 소리로 다가오시는 그
길어지는 햇살 속에서 오히려 또렷이 드러나고
마음으로 품고 사는 소리를 들려주시는데
너무 아름다운 것은 차라리 슬픔이어서
당신의 울음이 물결로 반짝인다
울음은 번져 강물 수면 위에서 명멸하고
어둠이 짙을수록 등대의 불빛은 선명하듯
해질녘 강물 위에 울음이 더 진하게 반짝이다가
차츰 울음이 비워져가고
붉은 피 토함으로 마침내 텅 비워져
영혼은 투명하게 사그러진다

추운 방

입김 허옇게 번지는
벽돌 한 장 벽으로 가린 방
한기가 이불 속으로 토끼몰이 하고
껍질 안에 숨은 씨알은 은둔하고
그저 참고 있다

긴 추위의 터널이
어찌할 수 없는 너머의 것이어서
비난할 수 없는 무력감이라 변명한다
추위의 동정을 핑계로 한 동거는
방의 신성 속에 똥을 누었다
그저 살아가는 것이다

사랑의 고통

천 년의 사랑이라는 유행가
하루의 기다림도 힘든데
말없이 내리는 기억의 편린
진눈개비 알갱이 뺨을 스치고
젖어 얼룩진 거울은
그저 앉아있다

사랑이라는 유치함에 어지러워
그의 미소가 누구를 향한 것인지 모르고
그냥 장님처럼 그리워한 것이다
하늘 덮은 낯선 시절의 커튼은
밤새 떨어져 흘러도 얇아지지 않고
이리저리 날리는 늦은 눈 부스러기는
벗은 나뭇가지 어깨에 걸쳐 펄럭인다

내리는 그의 숨결은 냉랭하고

얇아지는 바람냄새에 차갑게 젖는 속은

그냥 앉아있다.

가난의 시절

연꽃잎으로 야시비* 피하던 시절
메주 몇 덩이 마루 한쪽에 걸려있는 투방집**
누나는 동생들 뒷바라지에 서울 공장으로 떠났다

마당에 흰 눈이 가난만큼 쌓인 날
추운 겨울 맨발이 시려도
엄마 등에 업히면 엄마냄새 스미고
둘러싼 이불보다 참 포근하였다
엄마 손은 약손, 아픈 배를 쓰다듬으면
달빛보다 더 따스하였다

가난은 넉넉함이었다
가난은 밤별보다 영롱한 순수였다
가진 것이 없어도 사랑하였고

내 아픔 아니어도 밤새며 보듬었다

가난에 스며있는 것은 정이었다

나이 먹다

마른 바람에 밤새 쓸리고

차가운 울음이 잎에 물들었다

울음이 아픈지 진갈색으로 말랐다

푸른 시절은 흙 한 줌처럼 손샅으로 빠졌고

다시 채울 길 없어 회상으로 덧칠해도

선명했던 술잔의 청빛은 바래고, 벗겨지고

눈물로 동정을 구할 수 있겠으나

눈물의 너머를 보았기에 값싼 동정임을 안다

채우려 다시 움켜쥘 수 있겠으나

더 많은 것을 알았기에 채울 수 없음을 안다

그래서

슬퍼하지 않고 안타까워하지도 않고

빈 손을, 빈 가슴을

빈 것으로 채운다. 앉아있다

나비의 출생

바지 주머니 속에 앉아있는 상상
속에는 종이나비가 있었다
나비 날개 사이 갈증이 부풀다가
정오의 빛살이 그를 관통할 때마다
발가벗겨지고 뜨거워지고
비집고 들어오는 물풀의 냄새에
시작한 진통은 휴지기도 밀어내고
출렁이는 진통이 시작되었다

명주타래 잡을 시간도 못 참아
덜 익은 열기를 주섬주섬 챙겨
덮인 뚜껑을 밀어내고
은밀한 저녁이 미끄러지듯
황혼의 바다로 빠져 나왔다
당돌한 출산
탯줄을 끊고 둥근 나비를 보던 날
만삭인 달이 바다에 뛰어들었다

구도의 저녁

먼 들판 끝까지 산그늘에 묻히면
앙상한 나뭇가지 뒤로 햇살이 돌아눕고
저녁 해거름이 처마 끝을 기웃거린다

하루 해 저물도록 생각해 보아도 그치지 않는
아무리 걸어도 길은 낯설어 예민한 심성인데
이 길을 걷고 걸어 마침내 그 분 앞에 선다
어둑한 허공에 하얗게 떠오르는 길가의 풀꽃처럼
한 계절의 모퉁이에 서 계시니 무섭지 않으시려나

한 걸음만 돌아서도 옅은 사랑의 흔적 지워질까
조바심으로 바라는, 그래도 보지 못하는 안타까움
그랬습니다, 그렇습니다
당신을 본 적도 없으며 그리워하는 것은 거짓이겠지만
그렇습니다, 그랬습니다

일년생 풀처럼 주저앉아도 긴 은둔을 지나 다시 오듯

이 밤도 침묵을 지나 끝이 아니라 이어짐이고자

그 분을 기억할 내일이 있어 나의 미래가 존재함이어서

연결의 욕망으로 구도의 눈물을 담아낸다

유영

늙음으로 얻어지는 느림

느림은 평온으로 이어지려니

나밖에 없는 곳에서

한참을 자유스럽거나

한참을 한적하거나

아니면 속은 어떻든 서로 위로하는 평안

가만히 있으려니 움찔거리는 생각

나비 날개를 얻어 풀칠을 잘 해서

하늘 속을 유영하고자 했는데

문득 그가 구경 온 것인가

그가 가만히 어항 속의 유영을 보고 있다

어쩐지 낯선 그를 떠나보낸 적이 있다

다시 온 그는 한 방울 눈물을 흘렸다

어느덧 눈물 속을 떠다닌다

부활

고운 하늘빛 머물렀던 자리에
언덕배기 서성이는 석양 안에
왜 거기 있냐 묻거든

천일의 촛불에 눈물은 개념으로 바뀌고
기억을 붙들고 있는 날이 물든 잎 하나
떨어지지 않으려 바둥거린다
무엇을 그리 애써 하려느냐 묻거든

마른 살 터져 드러나는 시린 새 살갗
터진 속을 녹여내어 질그릇에 담았다가
에밀레 소리로 태어나기를
왜 그리 기원하냐 묻거든

대답을 구하려 구겨진 언어를 다림질하여
마디마디 엮어 한 올씩 매듭지어
이어붙여 만든 날개로 날갯짓을 꿈꾸다

연은 날기 위함이다

방패연이든 가오리연이든
연으로 날고 싶다
움켜쥐는 주먹을 벗어나
쓰레기통을 밟고 뛰어올라
담벼락을 타고 저 위로 올라
전봇대 위로 스치는 바람을 맞고자

꼬랑지가 뭔 끈이든
구멍의 줄도 그런 것이니
휘어져 땅으로 처박히더라도
그래도 하늘의 바람을 만날 수 있다면

하늘을 날고자 연이었다
찢어지든 슬프든
바람이 잠들어 겨우 하늘가에 닿더라도
연이고 싶다

바람이 되려는 연

시리도록 창백한 하늘에 연을 날리고자
땅을 딛고 있어도 하늘을 꿈꾸는 너를 날리고자
줄 하나로 땅과 하늘을 잇고
바람을 안아 팽팽하다가 끊어지면
하늘에서 잡을 것 없이 나풀대다가
바닥에 주둥이를 꽂을 것이다

추락의 두려움은 더 두터워질 것인데
그래도 날고 싶은가, 박차 오르고 싶은가

그래, 입술 깨물고 기다리면 다시 바람이 불고
온몸으로 바람을 받아 부풀어
비장함을 담고 날아오를 것이다
나, 여기 있어, 외칠 것이다
이제는 끊어져도 바람과 하나 되려니
그렇다, 바람이 되려는 연이다

왜 사느냐고 묻거든

왜 사느냐고 묻거든 그냥 사는 것이라고
의미를 좇지 않고 그냥 사는 것이라고
길가 한 포기 풀꽃마냥 그냥 사는 것이라고

세상은 나를 위해 존재하지 않는 것
특별한 존재여서 삶에 만족 못하며
특별한 존재라는 어리석은 생각에
삶의 무게로 무릎 꺾이며 사는 것

산은 산대로 물은 물대로 그냥 있는 것
삶의 아픔도 날 어찌 못하리니
아픔이 오랜 벗 되어 위로해주고
삶의 슬픔도 날 어찌 못하리니
슬픔과 나란히 앉아 서로 다독이고

때가 되면 배고프고, 밤이 되면 눕고 싶고
그냥 그렇게 사는 것이라고
눕고 잠자기엔 방 한 칸이면 충분하고
고픈 배 채우기는 하루 세끼면 족하고
줄 수 있으면 달라지 않아도 다 내주고
사랑하고 감사하고 내일 해 뜨기 기대하고

왜 사느냐고 묻거든 그냥 사는 것이라고

상실의 시대

살아가는 것은 상실의 연속이어서
소중한 것을 잃고 또 잃는 반복
시간은 시계 초침처럼 흐르지 않는다
만나고 지나다가 돌아 다시 만나고

눈물은 이제 마른 줄 알았는데
밤이면 잊을 만하다가 불거져 나와
가슴속에서 우는 소리가 들린다
그런데
상실의 아픔은 시간과 마음에 대한 대가
얼마나 깊었는지, 얼마나 많았는지
지켜보기만 할 뿐 이해하려 애쓰지 않는다

스스로 상처를 내어 꽃을 내미는 것처럼
상실의 고통을 이끌어 비로소 사랑한다
상실은 다른 나로 변신을 요구하고
상실하고 나서 존재를 발견한다

당신이 좋다

당신 미소가 참 좋다, 종일 솟는 샘물 같은
당신 눈빛이 참 좋다, 따스하게 바라보는
당신 무릎이 참 좋다, 편안한 느낌이 스미는
당신 팔짱이 참 좋다, 나란히 가다가 없는

때로 넘어지고 상처도 났고 눈물도 흘렸지만
오랜 시간 엉키고 부딪히며 닳아서 닮아가고
세월이 잔주름 되어 쌓여 갈수록 담담한 당신
사십 년 어느덧 지난 세월은 평범하여도
한낮의 푸른 하늘과 눈부신 햇살을 같이 보고
한가로이 가는 흰 구름 몇 조각 같이 즐기고
주변에 차곡이 둘러싸고 쌓이는 소소한 평온

살아 낸 삶을 노래하는 모든 미소들이 반짝이고
지금껏 온 길 이제 갈 길, 함께여서 고마워요
빨랫줄에 걸린 하얀 속옷 같은 영혼을 지닌 사람
속으로 조그맣게, 그대는 내내 어여쁘소서

현대사회에 화두를 던지다

가슴을 점령한 욕망이 휘도는 현대사회
넘나드는 바람의 시공초월을 흉내 내고자
인식도 능력도 없이 공간을 방황하는
가공된 현대의 기호와 이미지들이
도시 욕망의 날개를 훈장으로 달아
유토피아를 가장한 선동으로 떠도는데

실상과 맞서 자신의 날개를 깃발로 삼고
과거의 사실들마저 허구로 밀쳐낸다
욕망의 재촉이 더 푸드덕거리지만
날개가 어설퍼 날아오르기는 불가능한 것
높은 곳으로 비상하려는 낮은 자의 욕망은
화려한 몸짓으로 눈속임하는 서글픈 희극

도시의 옥상에서 내딛는 순간 추락할 것이다

추락은 욕망의 날개가 꺾임을 보여주는 것

필연으로 좌절과 상실의 상처를 받을 것이다

우둔한 인간사회에 화두를 던지고자

기억된 상처의 원형을 찾아서 퇴행하던지

지배의 욕망을 내리고 인간의 원형을 찾아가던지

인생의 바다

꿈 속에서 바다를 본다
하늘이 어두운 푸른색으로 변하니 하늘인지 바다인지
바다에 몸을 묻는 하늘이 바람에 밀려 흔들린다
세월의 강을 건너며 부서진 꿈들 어디쯤 걸린 너머에서
짙은 청색 껍질이 바람에 찢어지며
견디지 못한 흰 속살이 여기저기 터진다

아이의 얼굴로 구름 한가로운 하늘에서 놀고자 했는데
굴곡진 줄기 따라 떠내려 바다로 오다가
휘도는 흐름에 가슴 깎아내고, 흠집마저 묻어버리고
가는 마음 한 줄 하얀 조개에 깃들기를 바랐는데
등 떠미는 물결에 깊은 곳으로 내려가고
울음마저 파도 속으로 묻힌다

바다는 숨긴 또는 묻힌 상처들이 모이는 곳

그래서 가라앉은 삶이 있는 바다에 몸을 놓는다

그래서 바다는 깊은, 푸른 멍이 든다

그렇게 바다의 품으로 돌아간다

찢어진 속살이 아파 돌아선 바다를 본다

思夫人曲 1

누구에게나 삶에는 언젠가 끝이 있어서
당신의 빈자리를 슬퍼하지 말아야겠지만
아침에 눈뜨면 저절로 당신 소리를 찾는데
더 이상 들리지 않는 아침을 어찌 할까요
옷장을 열다 문득 당신 머리핀을 보면
머리핀을 꽂고 웃는 모습 떠올라 어찌 할까요
깊은 밤 당신이 옆에 없을 것을 느끼면
다시는 당신이 없음을 깨달을 텐데 어찌 할까요
그래서 참았던 울음이 터져 나오면 어찌 할까요

슬퍼도 눈물 흘리는 것은 처음에만 그렇다지만
당신이 자주 찾던 리모컨이 문득 눈에 띄면
막내 생일을 잊을까 달력에 적은 글자를 보면
참았다가, 참았다가 울음이 터지면 어찌 할까요

길가다가 우연히 당신을 마주치기를,

당신이 혼자 여행을 떠난 것이라고

먼발치에서 당신 모습을 스치기라도 하기를,

바쁜 일로 집에 못 오는 것이라고

그래서 이 세상 어딘가에 당신이 있기를

그래서 이 세상에 없다는 것이 아니기를

마음에는 자리가 하나만 있다는데,

그 자리에는 당신만 앉아있는데

비에 젖어 떨어진 사람 찾는 전단지 같은 날

당신이 영 떠나지 않습니다

보고 싶은데 어찌하면 좋을까요

현대 비둘기

대낮에도 슈퍼 앞 플라스틱 탁자에는
과자 부스러기 흘리는 사람이 있다

뚱뚱한 비둘기는 걸어 다니는 것을 골랐다
톡톡 쪼아 먹는 것은 부스러기를 뿌리라는 신호다
뒤뚱거리며 나이 먹은 몸을 끌고
가끔 날아오는 발길질에 날갯짓하지만
자기가 비둘기임을 보여주기 위해서이다

빨간 비늘에 덮인 다리는 멋있다
부리 위 양쪽으로 두 개 작은 흰 깃털은 귀족 혈통이다
여기가 내 영토이다
음식 챙겨주는 신하도 있고
날아다니다 재수 없이 줄에 걸려 발가락 잘릴 일도 없고

그래도 버릴 수 없는 것은

걸음을 뗄 때마다

머리가 앞으로 뒤로 왔다 갔다 하는 것

그건 내가 가진 아이덴티티라 치자